林加春——著

想我
汕尾

自序——汕尾的明天

汕尾是一個被遺忘忽略的小地方。

全國周知的反國光石化案於二〇一一年落幕，事件發展到末期，竟然有遷址到高雄汕尾的聲音，雖然立刻被中央及地方政府否認，但不免啟人疑竇：莫非汕尾被看作是石化工業的最佳落腳處？

更諷刺的是，二〇〇九年通過中油三輕更新擴建案，新的中油六輕於二〇一二年完工，產能是舊三輕的二、三倍，石化工業竟然是汕尾逃不掉的宿命嗎？對於一個像我這樣的「老」汕尾人來說，汕尾今日的處境，總讓我心中有著幾許悲涼。

汕尾地區隸屬於高雄林園，卻既不「高」也不「雄」、無「林」也無「園」，那不是它的本貌，汕尾徹徹底底被改頭換面了！

在汕尾出生，在汕尾成長，就業後雖然旅居異鄉，但魂牽夢繫的仍是故鄉的一切。常常嘆問：是怎樣的因素？讓一個原本純樸寧靜的小漁村，肩負起全民經濟發展的重任；讓石化工業取代農漁業，在這裡落腳生根，再不肯離開撤除！一場生態浩劫所造成的環境悲劇，難道就這樣永無休止的上演？

自序——汕尾的明天

守不住汕尾沙灘，留不住汕尾榮景，卻也無力阻止破壞、爭取改善，眼看昔日汕尾的好土地、好風水、好空氣，跟隨時間腳步成為「歷史」，汕尾人總是心頭疼惜、慚愧、鬱悶。

除去自然力量不說，汕尾地區各個小村、庄頭的沒落還有政策因素：經濟發展的大旗一舉起，種種糖衣包裝的宣傳解說，掩護未知、無知甚或明知的傷害，理直氣壯，不容汕尾人遲疑置喙的交出土地，讓出天空和海域。現在，我們只能從回憶裡描繪曾經有的汕尾風情，曾經有的奮鬥和歡樂、苦痛……

無能為力，徒然唏噓，我的「悲涼」由是而生。

收在這本書中的文章，最初是在與妻兒吃飯時、睡覺前，用說故事方式片片段段敘述，之後記寫下來，想讓孩子們了解父叔伯祖過往生活，記住家族的發展歷史，所以一開始都挑孩子們覺得好玩、熟悉的事，同時也寫得淺白些。不料，越寫越走入自己的情緒中，筆下漸漸出現感嘆、托寄和批評，用詞也多了點講究。只是，寫作的初衷沒變，這仍然是一個父親想告訴孩子們的床邊故事。

始終認為，自己有豐富的童年生活，有單純鮮明的喜怒哀樂，都因為出門就有田、有海、有沙灘。對照現在孩童的生活環境，我不啻是幸福太多了：沒有環境污染，沒有課業壓力，可以安全的在沙灘、田野盡情活動戲耍；向大自然學習，遠比補習才藝要快樂也更有意義。跟孩子敘說這些時不免帶著得意驕傲，但越說越傷感，越失落，那些場景不能移交給下一代，自詡為「汕尾海邊人」實在心虛。

沒有人能夠否定我們對大自然的依賴，當汕尾一年四季都在塵霾、臭氣及噪音污染的環伺下，想有一方淨土、一灣藍海、一口純淨空氣都是奢侈的念頭時，從前的那片汕尾土地更顯得彌足珍貴。

與其為孩子留下美好故事，不如給孩子們留下充滿希望的健康環境，這比什麼都重要！汕尾正在努力：清淤、淨港、養灘、培育紅樹林……只是，當失去的比獲得的多上無數倍，對這飽受摧殘的鄉土，我不禁懷疑：汕尾的明天在哪裡？

2013.02.26　於澄清湖畔自在居

目次

想我汕尾

汕尾，座落在高屏溪出海口，是高雄最南端的小漁村，隔著高屏溪跟東港遙遙相望，也隔著巴士海峽與小琉球相互輝映。長達一百七十一公里的高屏溪，在這裡找到一個出口；我也在這裡，編織一生的夢想與牽掛。

童年對我而言，就是盡情嬉戲在沙灘上、海水中，學習大自然、學習過生活。整大片沙灘是家屋旁

迷人的風景，每天站在沙灘，看著廣大無垠的汪洋，雙手伸開在心中延伸，加長，更長，還要再長！

浩瀚海洋、廣闊沙灘，提供孩子最自由美好的成長空間。

亙古恆常的潮湧浪濤日夜不歇，如雷貫耳，直到恍若不聞，卻跟著心跳脈動發聲，那是小漁村的音樂，不朽的天籟。

沙灘上，我見過大海在晴日溫馴呢喃，陰雨天翻攪奔騰；村民受過大海恩賜魚獲，也被它攫奪房產財物。隔著沙灘，我們朝夕與海對看。

能有一片沙灘，是村民的盼望，但是大海逐年進逼侵吞，沿海沙灘一再內縮後退，只好放置消波塊改建防波堤，龐大水泥建物阻隔人和海的接觸。堤岸裡，住家不再擔心崩厝，堤岸外佈滿漁塭管線；沙灘，在人與大海的爭奪中消失殆盡！

少了沙灘，大海變得疏離難測，我也褪去嬉鬧歡

笑，早早體會故鄉多舛的命運。少了沙灘，熱鬧有趣的牽罟不復見，膠筏只能由港口進出。

失去後才懂得珍惜，養灘已成為共識，在各方努力下，只見沙灘小片小片的連結在一塊。

出海口鹹淡兼具的水質涵養眾多魚種，更有珍貴的「白金」鰻魚苗。撈捕鰻苗，成為村民一項重要收入，隆冬深夜凜冽寒風裡工作，賺的都是辛苦錢。

一如大海的恩賜與攫奪，高屏溪對汕尾也有傷害。

溪水沖刷大量土石泥沙，堵塞港口航道，動力膠筏不時擱淺難以進出。颱風暴雨後，山區林木斷折流進大海，又被海潮帶進汕尾港，「漂流木封港」，所

有船隻不敢動彈，怕打壞船筏馬達螺旋槳。

魚港是船隻的家，家門被封堵，不能出外工作的漁民焦急無奈，苦笑老天和大海聯手刁難，年年考驗汕尾的韌性。

一九七三年，石化工業區選定林園落腳，緊鄰的汕尾首當其衝，小漁村的劫難從此看不到休止符。良田沃土全數被徵收，又粗又大的管線，怒吼運轉的馬達，日夜不停趕工，抽海砂填地基，要讓重工業廠房設備屹立無虞。

然後，一根根高塔煙囪，一座座圓形儲存槽，一堵堵厚實圍牆，堆積木般出現。夜裡光亮的水銀燈照耀整個工業區，白天鐵灰醜陋的廠房隱身在夜的黑幕中，盞盞燈火把它變妝成皇宮神殿般，美得讓人目眩神迷。

轟轟噴發的鍋爐聲掩蓋浪濤潮汐，怡人的音樂變了調。煙囪飄出煙塵煤灰，空氣瀰漫刺鼻濃嗆的化學藥味。晾曬的衣物、門窗地板，經常都是黏膩油黑的小顆粒。風向不對時，大量落塵弄髒屋內外，連養殖的虱目魚、鰻魚、蝦子也都遭殃。廢水排入大海，出海口漂浮大片魚肚白。田地的種植欠佳，稻米長不好，改種甘蔗、地瓜、蔬菜或栽果樹，但天空灰濛濛，陽光隔著塵霧，空氣受污染，農作物收成有限。

港口淤塞、漁業沒落、田地廢耕，村中無林也無園，汕尾滄桑困頓，被遺忘的，除了夕照美景還有海

濤浪歌，和基本的身家安全。

三十幾年前，上一輩人純樸善良，不識石化只知守法，幾次工安事故震撼出林園人愛護鄉土的意識，身受其害的村民多次圍廠抗議，以往為了身家性命與天爭鬥，現在卻是為了工安和生態環保與政府財團抗衡！

年年回汕尾，眼睛審視每一個角落總有疼惜。老舊狹窄的部落裡，廟宇無數，那是村民的心靈依靠，如今漁塭養殖盛景不再，出海捕撈漁獲不豐，家的氣味仍散落在村裡各處，只入夜後的燈火寥落人聲幾稀，勾勒出小漁村的些許悲涼。

二〇一一年四月回去，一彎沙灘靜躺在堤岸邊，航道空淨爽朗，釣客站立堤岸，釣竿拉出生命的韌度，我相信，他會釣起一竿希望，那正是汕尾的心聲。

想念汕尾！它始終以沙灘，以浪濤，出入我的記憶。進出的船筏鹹腥的海風都喚起潛藏血脈裡的思鄉情愫，我無法不掛念那一片汪洋，眷戀那一段讀海的歲月。

連海都忌妒的日子

小時候整天看海，日子快樂得連海都會忌妒。

看海的日子是我生命中一個最美麗又淒涼的故事，直到現在，我仍然非常想念那一段甜美中帶著傷感的時光。

記得剛入學，我在中芸國民小學的汕尾分校上課，分校沒有教室，只好借用漁市場辦公室的二樓，每天要「爬」到教室是我最痛苦的經驗。因為那棟辦

公室，裏裏外外都是木頭做的，樓梯沒有扶手，又特別陡，老師怕我們摔下去，拿了木條左釘右敲，充當臨時扶手。我膽子小不敢走，只好用爬的。上樓還好，下樓可慘了，別人都「跑」下去，我卻還是一屁股的「坐」下去，可憐吧？但值得安慰的是每天早上，老師都泡好一大桶熱騰騰的「美援牛奶」給我們喝，愛喝多少就喝多少，於是爬樓梯的痛苦忘了。

二年級仍在分校上課，我們不再爬樓梯；每天帶著一把小凳子在大樹下聽講。老師從來不用黑板，我們也沒有桌子，每次要寫字，就坐在泥土上，把椅子當桌子。說也奇怪，那一年很少下雨；要是運氣不好，下起雨來，我們就只好擠進那走起來都會吱吱嘎嘎作響的一年級教室。

升上三年級時，我們很驕傲的成為分校「老大」，分校新蓋好的兩間教室，自然就給我們「佔領」了。一連好幾個星期我都在看那間新教室，心中有一份好奇和喜悅，根本也不知道老師在教甚麼？可惜的是，這時候已經沒有牛奶可喝了。

分校前面有一條河，好大的一條河，大到看不清對面的景物，後來上了初中，才知道那一條河叫高屏溪。下課後，我們都跑到河邊玩水，免不了被老師一路擰著耳朵提回來。直到四年級下學期，隔壁班一個男生差點溺死，加上同學七嘴八舌，說那條河有「水鬼」會抓人，這才不敢去玩。

五年級回到本校上課，每天都要走兩公里長的海灘和三百公尺的魚港堤防。好幾次颱風天，我差點被吹落到漁港裡；而炎熱的夏天赤腳走沙灘，那滋味像極了「過火」。為了怕燙腳，不是撿大片的樹葉「穿」在腳上，就是一邊跑一邊停下來，用雙腳趕快挖洞，把腳丫藏在濕沙中。雖然很辛苦，我卻樂此不疲，因為可以一路上踢著浪花、趕著沙蟹，數著別人走過的腳印。

玩衝浪、游泳，不需要教練，只要踩幾遍海浪，喝幾口海水後，很快就學會。狗爬式、蛙式、自由式，什麼姿勢都沒關係，大海的手很溫柔，會把我們托起再放下。

沙灘上還會有漁人掉落的現代銅板，也有不知來處的古時錢幣。撿到銅板固然高興，發現古錢心情也快樂，因為鐫刻著「康熙通寶」「乾隆通寶」的古錢，是我們小孩子脖頸上穿紅繩的吉祥物。

家屋後方有座大漁塭，也是我們的休閒遊樂場。塭堤高聳又厚實，高出水面許多，路面可以追逐奔跑飆風。兩個足球場大的漁塭可以划排仔車，無風無浪，安全愜意。手伸進水中，有時還可摸到滑溜的魚身從指尖竄過。

我整天看海、看魚，在沙灘、漁港、魚塭玩沙、玩水，玩得不亦樂乎。

這樣的日子，連海看了也會忌妒，每年颱風季節，大浪幾丈高，沒有防波堤、消波塊的保護，海水泥砂直接淹蓋房子漁塭，我們逃離屋子，等風浪肆虐後再回去收拾殘局，總是浸泡在雨水汗水泥水中，累得不成人形。提心吊膽的崩厝噩夢幾乎年年上演。

於是就在我初二那年，一場大颱風，我家和我家那大如足球場的魚塭都被海沒收了。我家搬了，搬到看不到海卻仍聽到陣陣濤聲的地方。

沙灘情

童蒙發啟，我在沙灘上學習，讀大自然編寫的教材。

一群年紀相近的孩童，每天在沙灘上堆城堡建房舍，天真隨性的造型常惹得大海一陣訕笑，一個浪頭便把所有作品沒收。

沙灘上玩「釘孤枝」、「騎馬打仗」不過癮，到海裡去！浮沉間腳步不穩，立刻會被推倒。看準浪頭，我們飛奔穿過，看誰「過山洞」最厲害。被浪打到的人就順勢潛水吧，小魚小蟹們也會來湊熱鬧，鑽進我們褲襠裡。喔，牠們在大海中迷路了。

海水一下耍弄這邊，一下促狹那邊，跟我們一樣玩得譁然大笑。

黃昏的沙灘美極了。霞光映照海面，緩慢吟哦的潮水，配上輕柔拍打的浪花，太陽陶醉得酡紅著臉，躲進大海懷抱。星星早已在天際探頭，只等夜的黑絨布幕放下，立刻爭相閃爍，跟沙灘上的我擠眉弄眼說哈囉。

星星們鬧得我分神，沒注意父親教唱歌謠已唸到哪一句了。「白鴒絲，車畚箕，車到……」「……

沙灘情

挽一飯笠，亦要煮，亦要呷，亦要……」父親兀自唸唱，滄桑的腔調裡偶爾會聽見我稚嫩嗓音，像雄渾浪濤中穿插幾句海鳥叫聲。

「飛機！」我驚喜歡呼。規則閃爍的紅點從高高天空悄然滑過，盯著光點，漆黑夜幕讓我遐思它的去處，漂浮在幻想國度竟就沒去言語。

溫熱的沙灘漸漸清涼，躺臥仰望，在夜風撫摸下，濤聲哼著催眠曲，點點星光形成的帶狀銀河，逐漸在眸底渲染成模糊笑容。好夢悄悄來到，眼皮已然閉上，耳裡卻仍傳來規律沉穩的旋律。

總是這麼睡到半夜，醒了，在海濤聲聲叮嚀下，施施然走回家。走進屋裡，尋到床鋪，倒下，再做下

沙灘情

半夜的夢。

海風依舊透過門縫吹拂，星光仍然穿越窗扉照眠，而濤聲，更是不斷的在夢裡反覆吟唱。

和螃蟹躲貓貓

把沙灘當做遊樂場的我，最常和螃蟹躲貓貓，玩鬥智遊戲。

沙蟹會清理出沙子堆在自家洞口，憑這點作判斷，先找到可能有住客的沙蟹洞，再往裡面灌入乾爽的沙子。等洞口塞滿後開始掏挖，乾的沙子會指出沙蟹洞的傾斜、曲折方向，通常挖到一個手臂長就能揭曉答案：有或沒有螃蟹。「單刀直入」那一刻最令我期待！

除了徒手挖，還可以「釣」螃蟹。

有種螻蛄蟹俗名「倒退合仔」，真的會向後倒退走，我最愛逗這小東西。

一小塊魚頭或魚肚內臟作餌，用繩子綁在海灘吃水處。牠們聞著腥味爬出來咬餌，潛入沙裡去，我再循著繩子找到牠們藏身處，雙手鐵砂掌般插下，捧起來慢慢濾掉沙子。呵呵，如同十元銅板大小的傢伙，不咬人又很膽小，慌慌張張如機器人那樣前進後退，忙得團團轉，彷彿在問：「我礙著誰了？」有趣得很。

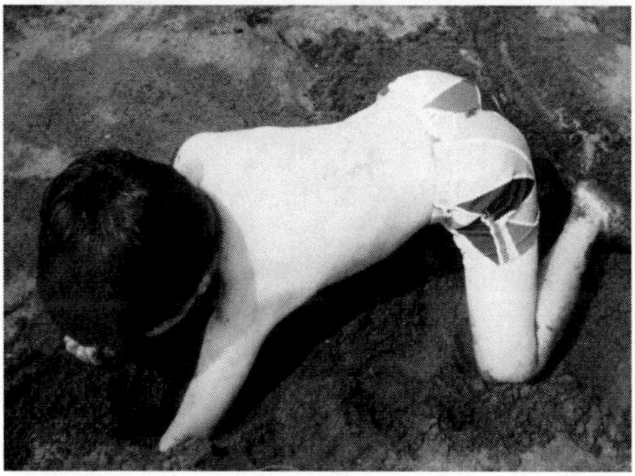

沙蟹最容易上手，在沙灘挖個約半米深的洞，把餌放入洞，不一會兒，沙蟹會從四面八方鑽出來，爭先恐後爬進去搶食。原本空無一物的沙灘剎時間萬頭攢動，當然，貪吃的沙蟹爬不出洞，立刻成為我的囊中物了。

這種釣法，前者是願者上鉤，後者則是請君入甕，多是在白天進行，若是夜晚想找到這些小傢伙，那就要用「網」的。

站在沙灘潮線中，找來同伴，兩人拉開漁網垂落沙灘，另一人從岸上打亮手電筒往沙灘照明。螃蟹喜歡趁夜色出來活動覓食，被燈光一照就驚慌奔逃，拼命往暗處海面躲，碰到漁網後全被網目勾絆掛在網上。「一網打盡」所抓到的數量，遠比釣的多出好幾倍。

漁村孩子沒什麼娛樂，晚飯後常呼朋引伴抓螃蟹，這種官兵捉強盜的遊戲，在夜黑風高的場景裡更顯得刺激有趣。

和螃蟹鬥智，要先了解牠們的生態習性，還得欲擒故縱試探幾回，觀察中，很多知識就印在腦海裡了。至於捉到的螃蟹，自然在清點戰利品後悉數放回沙灘，等待下一次的「捉放曹」。

也是淨灘

兒時生活在海邊，海岸邊常漂來奇怪東西：生活物品、漁船用具等，無奇不有，讓海灘變成資源回收場。村人經常在沙灘上撿拾東西，但大人小孩各有情懷。

颱風、大雨過後，山區林木被沖入水，又被海流推擠到岸邊，大家都搶著撈拾，好做大灶的柴火，往往整截樹幹還在水裡漂浮，一群人就爭先恐後往海

裡跳。

村人很有默契，誰的手先摸到那塊漂流木，其他人就自動放棄不再爭搶。遇到海湧大浪，多數人躊躇觀望，等著風浪平靜再出動，但總有想捷足先登的人冒險下海，也必然有人跟著行動，卻是：「幫著推啦！」「伊一人沒辦法啦！」純粹怕出意外，沒聽說有誰為了漂流木鬧不愉快。

長大後讀到論語：「君子無所爭，必也射乎……」想起村人撿漂流木的「其爭也君子」，忍不住會心一笑。

除了漂流木，海灘上還有各種驚喜。

有一回，我意外在林投樹叢下找到許多寄居蟹，興高采烈抓回家，奇形怪狀的寄居蟹被我用洗衣大鋁盆藏放在床下。可是牠們想念沙子、想念海水，半夜吵鬧著要出去，把臉盆抓得沙沙響。在夢中和海水玩接力的我，不知道「哈哈」笑聲竟然是牠們的抗議，而非海水浪濤，等天亮睡醒，臉盆早已空了。

如果說，在沙灘上只能抓螃蟹、撿貝殼，那就不稀奇了。

沙堆下有很多生命，例如龜蛋。它們圓滾滾就像白色乒乓球，整窩蛋有時多到二三十顆。頭一次看到很驚奇，但伸出去的手立刻被大人耳提面命的誡語推了回來。村裡的孩子都知道：龜是不能侵擾的。

出於愛惜物力和童稚好奇的心態，我把沙灘上掏挖所得都當作寶貝，為它們逐一建構動人故事，也把自己帶入寬闊神秘的想像樂園。這樣的撿拾，為海邊生活留下很多紀念；知足常樂的生活態度，填補了物質的貧困空缺。今天看來，無疑是另一種心靈灘岸的淨化。

沙丘采風

與大海為鄰需要勇氣！動物、植物都是。

木麻黃、黃槿和林投是海邊常見的樹種，它們對於強風烈日、海水浪花有高度抵抗力，因此都耐風沙、耐鹽、耐乾旱，如同海邊人一樣，有著強韌的生命力，陪伴海邊人活出辛苦精采的生命。

作為防風林，它們常跟海風大小聲，有時怒叱，有時呢喃。然而更多時候，海浪濤聲佔據耳膜，樹的聲嗓被蓋過；潮水拍打淘挖，侵逼它們腳下土地。儘管如此，它們依然在浪潮注視下挺身站立。

幼時，家屋後面空地種有整排俗名「粿葉仔」的黃槿，替我們圍出一塊後院來。阿爸在樹蔭下做竹筏，風涼爽，陽光不刺眼，還有海浪拍岸聲，是很愜意的工作場。黃槿葉子掉滿地，我拿竹籤綁上長繩，尾端打個結，叉起一片片落葉，串滿整條繩子的黃槿葉像尾長龍，被我拖著跑，一骨碌丟進豬圈做堆肥。黃槿，活得很有價值。

魚塭旁一簇簇林投樹喜歡佔地盤，地下根會到處竄爬，氣根垂到地後又長成支柱根，很快就成林。阿爸賣魚時，把它的支柱根剖細了穿過魚鰓，讓客人提

沙丘采風

著走，柔韌好用；割去葉片邊緣利刺，撕開來編織草帽玩具，是我的休閒娛樂。成片林投樹林嘻嘻哈哈，常常，我學它們，跟著海風喊叫嘶吼，展現一身野性和活力。

濱刺麥也是沙灘上的大家族，這種草約小孩膝蓋高，卻能頂住海風和烈日，繁衍一大片。它的葉子硬直像長長的針，花序放射狀像個球，種子就在球心。整個花序和種子約碗盤大，我常摘下好幾顆排放地上，等風來把它們吹得團團滾，滾最遠的那一顆，往往得經過海浪的捉弄與考驗。

貼著地上爬的馬鞍藤，紫紅花兒被翠綠葉片襯托得鮮豔嬌俏，遮蓋光禿的沙灘，為海邊單調景觀加添色彩。在粗糙砂礫、鹹而貧脊的土地上，它們是最美麗出色，吸引目光的視覺震撼。至於蔓荊，原是木本植物，來到大海面前不得不趴倒，卻堅持爬貼成大片灰綠地毯，它的藍紫色花朵，訴說著不放棄的意志，為海灘增添另一種魅惑彩顏。

這些海邊植物陪伴我的童年，一個人自得其樂習慣獨處，深信惡劣環境一樣能有美麗的生命；就算匍匐在地，卑微了姿態，努力奮鬥的身影仍可贏得喝采。

林投樹

小時候住在海邊，家裡漁塭緊靠著沙灘，塭旁的林投樹野生野長一大片，清涼有風，是我們玩樂的天堂。

林投樹的根到處竄，它的木材柔軟富含纖維，拿柴刀砍下約三四十公分長的一段氣根，再用刀小心剖成細細長長的一條條，就是堅固柔韌的繩束。賣魚的阿爸拿這線穿過魚鰓，打個結，就可讓客人提著走，方便耐用又環保。砍兩三段樹根就能做出不少這樣的串繩，夠用好幾天。

「去砍幾條林投根」，阿爸慣常吩咐我做這件工作。林子裡的每棵樹都被我砍過，它們很快會再長出新的根，而且因為受到刺激，樹身會更粗壯。拿起柴刀，想像自己正在荒島上探險，抓抓握握，我挑選林投樹的氣根，準備做弓箭、做圍籬。那棵剛砍過，這條不夠粗，煞有其事的模樣常惹得林投樹沙沙訕笑，它們跟我熟得像朋友一樣。

林投樹上常可以找到白嫩圓胖的蜂蛹，香甜可口，是最美味的甜點。看準樹上小如孩童手掌般的蜂窩，趁蜜蜂不注意時拿長竹竿敲打，把蜂窩打落樹下，等蜜蜂飛散再去撿拾蜂窩，裡面通常有幾個蛹，挑出來吞下，滑嫩爽口、濃甜還帶著香。我總是一邊砍林投樹根，一邊抬頭觀察尋找蜂蛹解饞。

林投葉緣和葉背都有銳利的刺，去掉刺後撕成細長條，可以編織成草帽或其他用具。二姐擅長用林投葉搭配芒草編成小馬，芒花正好當做馬尾巴，做得惟妙惟肖。把林投嫩葉摘下一段來，去掉銳刺後，反向對摺放入口中吹，氣順著凹槽發出聲響，是好聽的葉笛。用這個當做吹嘴，再拿去掉刺的林投老葉纏繞這吹嘴成中空柱狀，就是自製的樂器，可以拿在手上隨時吹出笛音。

我隨時做，隨處吹，音樂，很自然就走進生

活裡。

這樣的經驗完全跟民間傳奇的林投姐故事扯不上關係，林投樹給我的只是快樂記憶，至今難忘。

牽罟

看慣颱風季大浪滔天，拍襲海岸、掏挖地基砂石；年年經歷海砂埋屋、棄家逃難的緊張驚懼，我總認為：想要與海爭地是不可能成功的，倒是與大海拔河贏面多。

童年記憶裡，汕尾沙灘上牽罟的活動，正是漁人和大海拔河的畫面。

多半是清晨或傍晚，魚隻游上海面覓食時，人力

筏從沙灘下水向外海划去，兜大圈後再折返，一路放下漁網，長長的網繩留在沙灘上，等竹筏回到岸灘，幾個大人分兩邊，合力拉牽網繩，慢慢收網。

寬闊沙灘上，只要見到有人牽罟拉網繩，大家會自動跑來幫忙，一二十個人不分男女老少，人多好辦事，大海也敵不過眾人同心協力。網中悠遊的魚兒直到被帶向淺水了，才慌得彼此詢問：「怎麼了？」「快游出去！」

當網子漸漸兜攏，向沙灘靠近，魚群噗跳作聲，鱗光點點，網子益發沉甸難拖。這時候最振奮人心，漁人彼此吆喝，腿腳跨穩，腰背前彎後仰，手臂筋脈鼓凸，「霍！」「再來！」「再一下！」「乎起來啦！」

暴喊聲裡，少數幾隻魚兒可能跳出網，得回自由，大家沉住氣，幾十隻眼睛盯注網目。掙扎拍動的力量從網繩傳到手掌，估算漁獲量的同時，更要一鼓作氣把網子連同整袋魚群拖離海水、拉上沙灘。

放下網繩圍攏來看，這回網內有什麼呢？鰮仔、梭仔、花身、肉魚、石鯽仔、狗母仔、虱目魚、龍尖、白鯧……一一辨認，聲音裡都是興奮，有時會出現白帶魚、加網魚甚至蝦、蟹。

分配漁獲時，提供人力筏和漁網的人，理所當然分多一些，其他不管大人小孩，只要幫忙出力的都有分，像我這樣沒幾歲的囝仔，沒多少力氣，依舊得到大人招手喊：「來，抓幾隻回去吃。」一桶子、臉盆或篩子盛裝分得的漁獲，心裡的雀躍都在臉上唱歌。

漁村民風純樸，重視的是敦親睦鄰，牽罟分到的漁獲沒人計較多或少，務必讓大家都有活跳鮮魚可嚐。口腹碗箸的滿足，其實來自於和諧融洽的人情味。

這種豪情義氣，使三不五時就來上一場的牽罟，從沒有冷場，也讓汕尾小漁村的沙灘，始終在我腦海裡吆喝呼喊。

只可惜，當大海把沙灘當作它罟網裡的魚隻，跟我們玩起另一種拔河，倚著家屋田池的汕尾村民，竟是輸了一場又一場，沙灘最後都進了大海。沒有了沙灘，牽罟，再也玩不起來，它變成時間長河裡一個歷史名詞。

牽罟

聽濤

天地何其廣大，人間何其渺小。我在大海的歌聲中思索。

大海的歌，因風而唱。無風不起浪時，海面如鏡，大海只是溫柔呢喃，濤聲似有若無，水花碎細短少，像學步的稚子。風來，大海改為低吟淺唱，濤聲用抒情慢板，搭配浪頭蕾絲紗裙的翻捲，如女子翩舞。

夜晚，風止息後，大海的歌聲更顯單調緩沉，催眠效果十足，伴著濤聲和星光入夢，總能一夜好眠到天亮。

風蕭蕭時，大海跟著開嗓高歌，急速推移的浪頭讓濤聲變成出征勇士的進行曲。一旦風雷疾馳，浪高潮湧時，海面翻滾沸騰，世界躁動不安，濤聲也抓狂飆怒，所有力量傾瀉而出，那聲勢，如同破開宇宙洪荒，攫奪一切心識魂魄，吞噬萬物生靈的「渾沌」！這樣的時刻，即便閉目掩耳，仍舊有奔騰波濤在咆哮怒吼。

在沙灘防風林下聽濤是種享受，沙粒柔軟似床，樹蔭幽暗清涼，浪濤低沉轟吼過後，又接著樹梢沙沙

聽濤

唱和，輕揚飄遠，餘韻嫋嫋邈邈。

好天氣時，海風輕拂，濤聲規律，偶爾海鳥丟下幾句問候，世界安靜到我聽不見濤浪，意識擱淺在時間之外，連海水魚網的腥味也恍若未聞。這境地，似乎發呆，又似乎入夢，整個人輕鬆自在。

更多時候，我放棄禪心的修持，只是在這裡聆聽，真切細膩的聽大海發聲。

它也許不歌唱，只是吟誦自己的詩篇。我總好奇，那麼多魚鳥會給它什麼樣的靈感，賦就多少綺麗壯闊的章句。我也好奇，漁人舟船的造訪，是否讓它心神馳盪，寫成更多荒誕離奇的文辭。

海的歌，旋律一貫簡單，幾個音節卻唱遍亙古。曾經，我在沙灘上收錄海濤浪潮，放出來聽時，單調的轟轟聲有深厚共鳴，引發腦中無數畫面；經典的單曲總能被永久收藏。

沙灘上的聆聽，豐富我的生命。大海吟詠聲，穿透防波堤、消波塊，穿透都市水泥森林，穿透時光，響在我靈魂深處、記憶底層；多年來，濤聲始終壯闊雄渾的哼唱，伴隨心跳、呼吸，與生命攜手同行。

大海撈針

夏天的漁村常見一種身影：整個人站在海水中，推著竹子走來走去。那都是撈魚苗補貼生計的人。

沒有人工繁衍技術的年代，虱目魚苗都靠人力自海中撈取。這工作並不困難，工具也很簡單，兩枝竹子交叉架起三角網，下方綁一個竹筒。人站在近海，雙手握竹子伸進海水推著走，當舉起網子時，撈到的魚苗會落入竹筒，再把筒中魚苗倒入岸上收集的桶子裡。

看似不傷腦筋的事情，卻常見到有人被網蓋住或竹子歪倒一旁，甚至被浪打得七葷八素。初試身手時，我還套著橡皮圈，用雙手抓竹子，後來個子大了、力氣也夠，就一手抓工具，一手打水，保持方向。

親自下海才知道個中訣竅：人要站穩，不然會被海流往外帶離岸。舉網時要抓對風向，才能順利傾倒收穫，否則網子準定兜頭罩下，一身狼狽又做白工。此外，還要注意浪頭，趕在浪打來之前舉網，不然浪頭會推倒人，打歪竹子，大笑而去。最重要的是運氣，即使相同地點，一樣的手法操作，很多時候是一無所獲。

如針細，比針還短的虱目魚苗，全身透明，只能從細黑點的眼睛發現牠們，想要從海水中把牠們撈出來，那是真正的「大海撈針」！也許是魚苗太過聰明，常能閃避撈網；也許是大海珍愛這些魚苗，不輕易賞賜給漁人；也許是漁人太過駑鈍，摸不透大海喜怒無常的脾氣。我總覺得撈魚苗這件事，三分靠打拼，七分天註定！

我們自己撈魚苗也向別人收購，除去家裡魚塭所需，父親也販賣魚苗。一回我跟著去，先坐小火車到鳳山，再轉車到台南，下車後父親卻不見了。我守著鉛桶，不時伸手拍打桶子水面，告訴桶裡的魚苗：「別怕，再等一等。」一面愁眉苦臉四處張望，煩惱著如何在陌生的車站、人來人往晃過即失的臉孔裡找到父親，這比大海裡撈魚苗困難多了。

「憨子！」父親不知從哪兒走過來，被我臉上神情逗笑了。「不是說我去上廁所嗎？驚啥！」輕鬆話語和熟悉笑容，讓我收起眼中那張撈網。

唉，對著大鉛桶裡的魚苗，我困惑極了：到底是被抓的魚苗笨，還是張網找人的我比較憨？能確定的是，撈魚苗、找人，都要運氣。

被遺忘的小漁村

行經高屏大橋、雙園大橋的人車無數。很多人看過高屏溪在旱季時涓滴一線，看過它在雨季時洶湧澎湃，但很少人知道它在汕尾出海。不少人走沿海路去東港吃黑鮪魚，卻少有人來到汕尾，送高屏溪投入大海懷抱。

汕尾港原本漁業興盛，但河海沖刷造成的泥沙淤塞和漂流木危機，許多漁船轉停靠鄰近的中芸港，讓汕尾港失去發展競爭的機會，汕尾人只能苦笑搖頭：「汕尾，真正是『散去就尾』啦！」

鳥群年年來到這裡，喘口氣歇歇腳，交換消息也問候彼此。少了人船的打擾，牠們更快樂自在。出海口西岸汕尾這邊的沙地，近十年紅樹林復育成功，成為鳥兒造訪的樂園。

禍福相倚，汕尾因為河海交界，半鹹半淡的水質，蘊育得天獨厚的海口資源。過去，近海處就

能捕捉到豐富漁獲，那是大人的版圖；孩童去溪溝河裡撈撿淡水魚蝦蛤蟹，一樣歡樂滿載。颱風季，大水過後出海，常可捕到小蝦、中蝦，曬乾成蝦米蝦乾，這些美味是我對治鄉愁的食療聖品。

林園工業區落腳汕尾後，每次回去探視親友，石化廠區濃烈嗆鼻的化學氣味早早便鑽入鼻間，取代了以往曬魚乾蝦乾的陽光大海香味。「聞久，習慣了，也不覺得什麼味道。」親友看得很開。

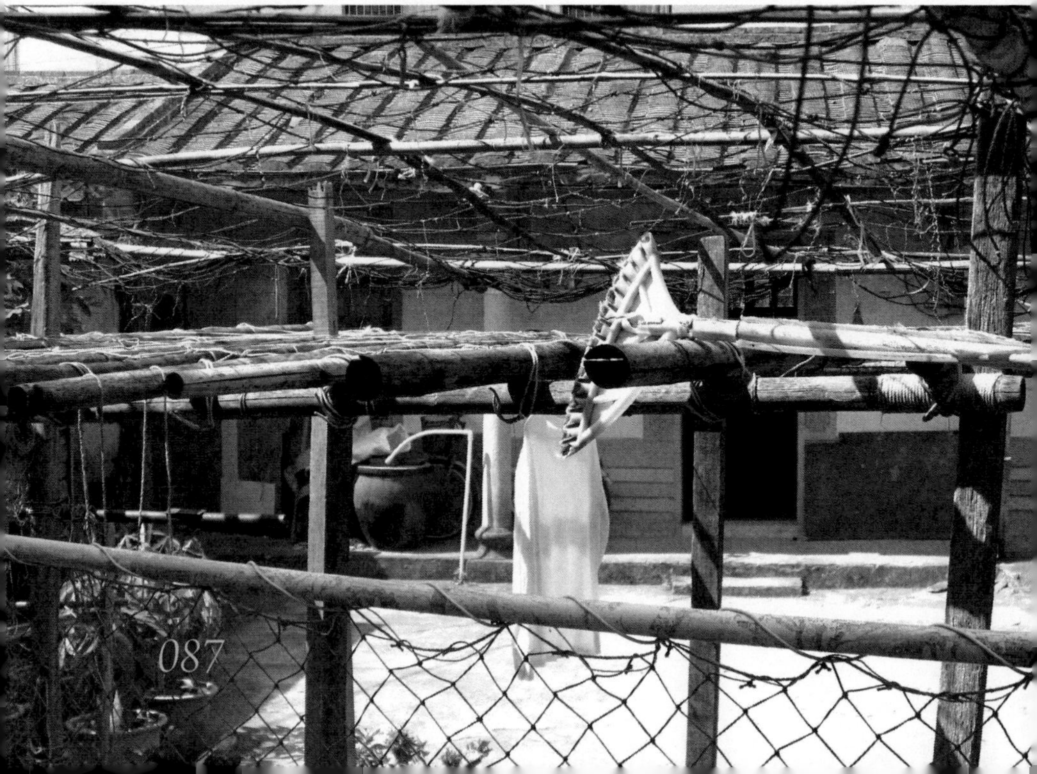

為了觀察生態，幾度去看高屏溪出海口，看紅樹林。眼睛注視水筆仔的胎生苗，身後傳來石化廠轟轟響聲；煙囪吞雲吐霧時，鷦鶯在芒草上咻咻應和；馬鞍藤紫紅色笑容爬遍沙灘。下到水邊，沒找到招潮蟹，小白鷺停在一塊斷木上打盹。遠處雙園大橋車輛頻繁穿梭，但水靜靜、風悄悄，只有陽光在動，粼粼光影把視線帶往大海，腳步也跟著來到汕尾港東側。

碼頭上有人在整理漁獲，走過去看：「狗母仔喔。」

陌生的漁人咧嘴笑：「抓些回去吃吧。」

我搖搖頭：「狗母仔厚刺！」

「對啦，狗母仔厚刺，氣味好。來啦，拿幾隻回去吃啦。」熱情爽直，正是海邊人特色。

儘管漁村的身分被遺忘，船隻漸少、水運沒落，還背負工業污染的包袱，汕尾杵在高屏溪出海口，仍舊有海風吹襲，有鳥兒盤旋起落，更有不變的生命熱情。而它低吟輕訴的濤聲，也化作一則則風味傳奇，在我的筷箸口舌間搬演遞續。

輕舟一葉情幾許

眷念海，也眷念船，年少歲月裡鑲嵌著輕晃盪漾的，船的身影。

小時候，汕尾漁人多從沙灘駕竹筏出海打魚，黝黑結實的漁夫趁著一陣浪頭把船筏推入海水，熟練輕鬆地將船轉入航道，一葉葉扁舟在家人目送下優雅出海。有了動力機具後，潮浪的吟唱加入馬達聲，熱鬧的沙灘因而更形聒噪。

夕陽西沉時，汕尾沙灘上霞彩滿天，眩目耀眼的金球是點點漁船的共同背景，那景象牽扯著所有汕尾人的記憶。討海營生的漁人乘著竹筏、膠筏、或各型漁船，在夕照晚霞中返航，斜陽映照出岸上家眷的熾烈目光，寫滿期盼與歡欣。

船，是海上的動人風景，漁民的身家財產，牽繫生命與歷史的詩句。

魚塭裡的「排仔」，幾根竹管並排，極簡造型卻給人莫大想像，尤其平貼水面，身體稍有動作竹筏便傾斜搖晃，輕盈又虛幻，這不是佳人閨怨的蚱蜢舟，不是文人送友的碧空孤帆，但是石化廠邊白鷺飛，很容易就聯想到自己孤舟少年郎，獨釣一塭水。

輕舟一葉情幾許

沒有雙園大橋的年代，船，也是林園人汕尾人走過高屏溪的橋。

早先，林園要往東港屏東，總是先到汕尾坐竹筏，到五房子上了岸再換車，向右走、向左走，去烏龍東港或新園萬丹。在屏東求學的兄長和我，寒暑假都這樣坐竹筏來回。擺渡的竹筏浮沉間，晃盪著年少青春的恣意痛快。貼近水，起伏的除了生活、心緒，還有自己不可知的未來。

渡船進出停留，汕尾成為眾多人的生命驛站，不同的陌生臉孔帶來多樣的心情故事，話聲喧鬧人語雜沓，恍如劇場。

輕舟一葉情幾許

等到雙園大橋通車，從臨海公路經過林園溪洲村直達新園五房村，人車呼嘯來去，從此不在汕尾停留。水運自然被淘汰，乘船，成為發思古幽情的浪漫；渡船，失去交通上的地位，如同缺少舞台的演員，落寞，再無人聞問。而跟著港口淤淺沙灘縮減，當年「汕尾歸舟」的盛景也走入歷史，徒留落日餘暉照比今昔。

舵輪，生滿銅綠，倚掛牆上，拿不定該打滿或偏轉幾度；指南針躺在木盒裡，沉思它未來方向。不曾出海捕魚，未能駕船操舟，我只能從汕尾漁人贈送的舵輪和指南針，解讀船的沒落和無奈，同時解讀，我的眷念。

斷橋

雙園大橋讓我體驗了複雜的生活實像。

故鄉汕尾的水運樞紐地位，因了雙園大橋而沒落，石化工業因了雙園大橋興盛後，汕尾面臨工業污染與經濟衰退的困窘。老家田產一再被徵收，最終連阿爸養老的屋宅也不保。但雙園大橋讓在屏東就學的我免去舟車勞頓，賣魚的兄嫂得能方便載貨，久病臥床的阿母幾次送往東港就醫，也都經過雙園大橋。這

橋，牽繫著我無數心情悸動。

二〇〇九年初還幾度往來雙園大橋兩側。橋上風勢強勁寒冷刺骨，橋下溪水斂了言語沒有聲息，遠望出海口蒼茫灰濛分不出海天，近旁橋欄有水鳥飛掠。奔馳間，以為這景色會永遠守候在此，等著我們奔赴、回返。誰知相隔半年，八月，莫拉克颱風摧殘，讓記憶多了一頁沉重。

來自楠梓仙溪、荖濃溪、濁口溪、隘寮溪的巨流一併進了高屏溪，土石泥流橫衝直撞，亂石驚濤洶洶轟轟，擋我者亡！不留情不妥協不動心起念，任憑人車跌落。雙園大橋塌了，林園新園的聯繫瞬間撕裂，斷橋流入惡水，怵目驚心的畫面裡崩厝和斷橋影像重疊，落入河床的建築物很陌生，傾倒的姿態動作卻再熟悉不過。猙獰奔騰的湍流摧折了大橋、村落，淚水投入滾滾黃泥，狂瀉暴衝。畫面疊上去，飆怒撒潑的大海吞噬土地扒抓掠奪，被水沖逝的還有沙灘、田地、祖厝……

溪河原來和大海一樣，可以溫柔美麗如桃源仙境，也會翻臉無情變成人間煉獄。阿爸的話語跟著出聲：「有時歡喜溫柔，有時歹看面。」「青面獠牙黑白亂舞，正港是梟雄柴耙。」「攏同款啦。」

橋斷了，記憶底層的畫面卻和現實接上線，漫天大水在腦海裡翻滾，壓著眼眶酸楚喉頭哽塞，想著逝去的阿爸，留給我的海的唱曲；想起那駕排仔車出海的優雅身影，想起，汕尾的海濤和沙灘。而這之後，我也將會想起雙園大橋上的風、橋下的蚵架，想起，高屏溪出海口的灰濛蒼茫。

一切美好與磨難都逝去了。

大地孕育的無數生命最後終將歸於塵土，時間流淌，生命經歷過的一切美好與磨難，仍會在記憶裡不斷複製，貼上，貼上，貼上……。

力行新村

過林園的中芸港橋，左手邊一座平水廟牌樓進去，即是大陳義胞居住的力行新村。「大陳仔」是在地人對這些義胞的稱呼，本就是漁民的大陳仔，躲避戰亂來到此地落腳，位處中芸、汕尾兩村交界的力行新村，鄰近中芸港、汕尾港，讓他們還能聞到海的氣息，依然能在海上討生活。

黑色瓦片、硓砧石塊壘砌成的屋牆，房子矮小，

仳連成排，如同眷村的形式，也如眷村般自成一方天地，我們很難與大陳仔有多熟識或深入往來。「黑瓦厝」是我們對力行新村的代稱，少有人進入那裡面，總是隔著馬路遠遠看，或是快步經過，彷彿避諱著什麼似的。

平水廟是他們的生活重心。小時候從路邊就可見到這座精美廟宇，香火鼎盛呢。「平水」兩字充分道盡大陳仔對大海的祈求：但願海神保佑風平浪靜，讓出海的家人有豐富漁獲平安而返！

讀中芸國小時，班上曾有一兩位「大陳仔」同學。印象中，他們功課並不好，沒讀多少書就上船討海營生了。在我們普遍還用「排仔車」捕魚的當年，大陳仔就有很具規模的漁船，也許，那是政府照顧他們生活的一部份吧。

大陳仔婦女的穿著打扮很特別，總是挽著髮髻，穿老式斜襟衫褲，裹小腳的很多。大陳婦女邁著小步伐，急促快速以至扭啊歪啊，走路姿態極容易辨認，也給人深刻印象。

跟大陳仔接觸的經驗並不愉快，多半因於誤會。他們厚重的鄉音、陌生的話腔，很難與在地人溝通，猜不出彼此的意思，通常是越講越急越氣，便就吵了起來。

二〇〇五年農曆春節，我又一次走入力行新村。多數房舍已翻修改建成樓房，印象中的黑瓦矮屋僅存幾戶，看去傾圮頹廢少有住人。兩個歐巴桑在門前聊天，其中一人邊對著手機大聲說話，十足台灣腔的國語。走過一幢矮屋，暗黝窗戶傳出來鍋鏟鏗鏘碰撞，是間廚房。聽到裡頭說話聲，正是那從小就聽不懂的大陳口音，下意識的快步離開，生怕聲音的主人會追過來。

再走，見到一堵牆，形制都還完整，以為沒人住了，舉起鏡頭想留下紀念，有一個婆婆走了出來，整頭白髮讓面容滿溢慈祥。我微微鞠躬，含笑，低頭卻看到老人家一雙小腳，似行踏千里江山的蹄，穩健有力，不覺怔愣出神。白髮婆婆慈藹一笑，又輕巧閃身入去。

狹小巷弄裡，轉角一落房舍還是老舊黑瓦，屋況還好，幾個小孩玩耍說笑著，聽聽是在背誦什麼，很標準的國語。孩子們落落大方，但我的佇立注視引來鄰屋老人推門探視，怕講不清，我沒再停留。

口音會變，形貌會變，人心的猜疑成見卻難清除，我只能悵然離開。

來到平水廟，終於看清門楣上三個渾厚大字、石雕大柱和精刻細琢的廟門。還是昔時印象，只廟門前搭蓋了鐵皮頂篷，足夠停放多部轎車，卻把雕工精緻的廟門石柱遮去了，實在可惜。

啊，一晃眼四十多年過去，大陳仔的力行新村也已不復當年模樣。纏小腳婦女的身影，悠悠晃進記

憶，成了浮水印子；曾經諱莫如深的氛圍雖然開放給腳步和鏡頭，但四目相對時的警戒和質詢，又分明擺開冷漠隔閡的陣仗。人不親土親，只不知這片土地被大陳仔接納了嗎，或者，大陳仔融入這土地了否？

力行新村

難忘的一個年

一九六一年，我九歲。除夕前一天，我快快樂樂的在屋旁沙灘上玩。想著明天就要過年了，心裡頭真有說不出的高興，在沙灘上追逐跌撞，連沙灘也柔軟得像一堆棉絮。這時許許多多的笑浪和著海浪，一起澎湃在我的四周。

「阿嬤說，晚上要把那兩隻大火雞宰了……」

三哥急急忙忙跑來，在我耳旁輕輕的說，還用手捂著

嘴，生怕被那兩隻大火雞聽到似的。

我先是愣了一下，隨後再也笑不出來，玩不起勁。拎起拖鞋，我飛快的奔回家。背後傳來三哥的叫聲：「喂，你拿錯鞋子了……」我頭也不回，把鞋子往後一丟，兀自跑開。

在前院找了老半天，仍然看不到大火雞的身影，心裡頭突然覺得不對勁，牠們一定被阿嬤關起來了！

我趕到後院的雞舍，身旁頓時熱鬧不休，大小番鴨、母雞帶著小雞都圍了過來，一張比一張大的嘴，在我眼前晃著，猶如滿鍋的湯圓，在沸騰的湯中，上上下下的翻滾。

「糟啦！」心頭一陣顫抖，眼淚差點兒就掉出來，我開始盲目的尋找，柴房間、廊簷下、前後院，一遍又一遍的搜尋，直到找累了，一輪篩仔般的落日

就像我的心一樣，沉落在深深的海底。

等我頹然失望的坐在廳堂後門臺階上，天色開始暗下來。那兩隻大火雞的影子盤踞整個腦海。

兩年來，朝朝暮暮欣賞牠們開屏的派頭，脹紅的臉、軟而下垂的鼻子令人發噱，任憑我怎麼趕，牠們還是喜歡跟在我後面咕咕咕的叫，一副小跟班的模樣。牠們從蛋殼蹦出來後，就是我把牠們養大的。牠們怕蚊子，我幫牠們做一頂蚊帳；牠們愛吃蔥尾巴，我每天老遠跑到菜園拔一大把回來。我也會給牠們最好的飼料——白甘藷簽加一些米飯，牠們所受的恩寵，竟招致阿嬤的嘮叨，說我是不是在養兒子，弄那麼好給牠們吃。

猛抬頭，那不正是我找了老半天的大火雞公嗎？正昂首闊步從林子裡走來。我狂奔過去，雙手抱著牠們，心裡先是一陣喜悅，接著卻是淡淡的憂傷，怎麼辦呢？這時三哥來了，他說阿嬤要抓牠們回去，我自然捨不得，就跟三哥吵了起來。

也許是黑黑的天，也許是兄弟的吵鬧聲太大了，阿嬤什麼時候來到身旁我都不知道。我怔忡的站在原地，看著阿嬤把牠們帶走，直到走出視線。我實在不知該說什麼！

那個除夕夜，滿桌的魚、肉、菜沉默的看著我。端了一碗白飯，走出廳堂，一屁股坐在沙灘上，點點漁火和稀疏的星光相互凝視，訴說著一個久遠的故事。我很努力的扒著碗中的飯，陣陣波濤就像咕咕的火雞叫聲，無奈又單調。

阿母說，家裡大大小小三十多人，殺了牠們才夠一家人吃，可是阿母不知道，我飯碗中連一塊肉也沒有。我只是想：再也不能聽到那咕咕的叫聲；再也不能把牠們當馬騎；更想念牠們先以雙翅在地上畫一個弧，然後毫不害羞地，把光禿禿的屁股擺給我看……

阿爸與海

年輕力壯的漁夫划槳操舟，大海深廣，竹筏單薄渺小，卻依然破浪前進，直到看見菲律賓群島才回返。訴說這段往事時，阿爸口氣裡沒有炫耀豪情，只是慶幸汪洋大海給予生機。

儘管潮湧無情，浪頭上危機四伏，只要海象稍稍安定，阿爸便推竹筏出海。

孩提的我在潮聲中目送阿爸出海，在潮聲中聽海濤呼喚魚群，也在潮汐進退間迎接阿爸。看著他撒網收網，網中跳躍的點點亮光，是魚兒的眼，是天上的星，是海上的波光，是阿爸的笑顏。

崩塌的祖厝走入記憶後，阿爸失去沙灘，失去舟筏，帶著家人黯然離開大海，由海邊的西汕住到更內地的北汕庄頭，從以大海為生的「討海人」，變成向土地討生活的「種田郎」。

看過大海的詭譎莫測，土地相對單純得令人心疼。日升日落，戴笠荷鋤歸的田家生活，沉澱了我們晃動不定的心，只是那潮浪，依然在血液脈搏中陣陣召喚。

不再捕魚後阿爸仍繼續賣魚，到漁會批漁貨，再騎鐵馬遠到小港或鳥松、夢裡村去販賣。二三十公里的距離，起伏的竹筏換成上下的踏板，踩踏出他對海的眷戀。甚至他隻身離家兩個多月，到台東大武抓魚苗。有海湧作伴，他的心頭才定著。

阿爸無法忘情大海。濤聲在靜夜中頻頻入夢，生命的章句裡恆是吟詠不絕的海浪。汕尾人，離開沙灘海岸後，心中仍有一座汪洋，日夜潮汐不斷！

浪濤，是阿爸唯一聽過的合唱曲，也是阿爸唯一聽懂的海神語言，從出世就聽，聽了一輩子。浪濤、潮汐、海風、落日和沙灘，伴隨他九十多年的歲月，生命寫滿奮鬥，日子始終勞碌，但阿爸擁抱大海，跟大海交談，潮浪聲聲總在他心裡輕笑。

「海湧，到底都同款，像咱人，有時溫柔歡喜，有時歹看面。」

這是阿爸的記憶。關於海，關於汕尾，他的記憶重疊在濤聲吟唱裡。

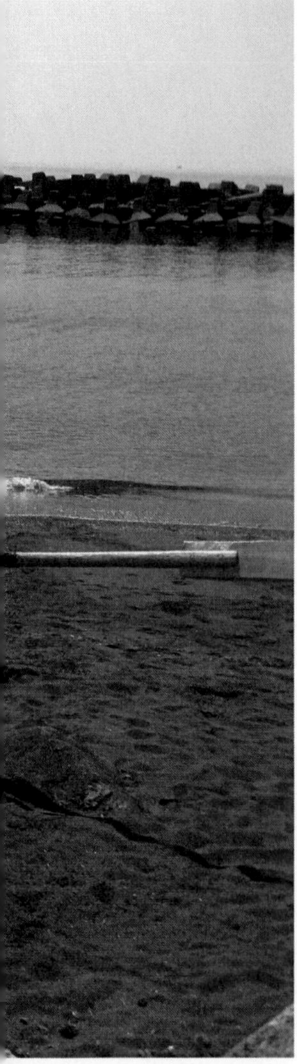

烏魚子的好滋味

每年入冬後烏魚群出現，那是大海賞賜給漁民的財富，除了魚卵可加工作成烏魚子，烏魚膘和烏魚胗也都是宴席上的珍饈。取出內臟後的魚身，我們習慣叫做「烏魚殼」，依然肉質鮮美，煮湯、紅燒、乾煎或煮烏魚米粉，庶民消費卻無比美味。

只不過，冒著寒冬風浪出海捕捉烏魚很辛苦；大海的禮物，也要勤奮吃苦的人才能得到。

「跳烏」，是阿爸以大海為舞台演出的戲碼。成群的烏魚映著陽光跳躍在海中，卡在漁網目上。每一個跳動的光點，是我在岸上的每一聲驚呼。竹筏上下浮沉，拉著我的眼光高低起伏。阿爸的身形時而渺小時而巨大，竹筏上的人影和周圍閃爍的光點，是冬日大海烙印在我腦中的經典畫面。

隨著阿爸划排仔車出海跳烏，冬夜屋內一條條案板壓著烏魚子，鹹腥味滲進毛孔鼻息，分分秒秒催促提醒：要過年了。

印象最深刻的是阿爸第一年做烏魚子，是個慘澹的開始：駕著親手做的竹筏一人出海，獨自張網跳烏，回返後宰殺取卵，賣了烏魚殼，製作烏魚子。繁複的洗、整、壓、曬過程，一切土法手工，憑著聽來看來的，在摸索中學經驗。

做成的烏魚子全數賣售換錢，那是阿爸為養活一大家子的營生技藝。過慣儉苦生活，我們對過年沒什麼特別想望，都以為年夜飯也是如同往常打發。沒想到，阿爸留了一只烏魚子，飯桌上切成薄片透光晶紅的一小碟，把我們的眼睛嘴巴都撐大大的：「哇！」

意外的加菜立刻扭轉屋內沉悶氣氛，大家淡漠的言談變得精神有趣，原本僵化無表情的臉部肌肉和肢體動作全醒活過來，有了溫暖柔軟也有了彈性。阿爸看著家人咂巴舔舌，嘴角微揚露出笑意，更讓我們感覺驕傲安心：再困難的環境也不要退縮，一定能熬過去！

從此，那金黃橙紅、一片片香糯黏Q，帶著陽光和大海氣息的，阿爸做的烏魚子，每年見證舊年冬新年春的交接。阿爸過世後，每次嘗到烏魚子，想起他為家人的辛勞付出，嚥下後回甘的喉頭，總糾葛著思鄉念父的懷想。

如今，兄嫂傳承阿爸手藝，更用心延續阿爸對家人的呵護，讓我們兄弟姐妹能繼續嘗到有阿爸味道的自家特產。餐桌上的烏魚子，讓脣舌間訴說的，全是阿爸留給家族的溫馨好滋味。

一口小小的海洋

兒時屋宅左後方三百公尺遠有一塊沼澤地，地勢低窪，溪水雨水匯聚，長滿了三角藺草。父親每天經過，看這四分多地荒置可惜，決定開挖利用，闢建成魚塭。

我們沒有機械車輛，一切只靠雙手加上圓鍬、畚箕。全家大小動員，利用田裡海裡的工作空暇揮汗挖掘，直做到天色全黑，實在看不見了，才收拾回家。

起初，帶水的爛泥把人弄得一身黑又溼，鏟出來後堆在旁邊做塭岸。烈陽曝曬下，父親和幾位兄長赤膊挖土，褐紅古銅的肌肉帶著斑斑污泥。我七歲，幫忙搬土塊，夯實這些晒乾後的泥土。從第一鍬挖下後，整整三年的日子沒離開過爛泥巴。

憑著一天一天辛苦累積，偌大塭仔的雛形出現了。繼續向下挖深、隔出育苗池、向上堆高塭堤，可以預見的成果，使勞動深受鼓舞，家人沒日沒夜跟天候和土地奮鬥。當閘口打開，溪水流進塭，激動興奮也流進我們心裡。

塭裡混養了虱目魚、吳郭魚、草蝦和不請自來的紅蟳，另外隔出兩三個小池放養魚苗。我喜歡餵飼料這工作，大圓砧板樣的豆餅，拿柴刀削成薄片，再用手剁碎丟入塭中餵食。注視魚兒爭吃餌料時的活靈活現，一隻隻肥大魚體，游出了全家人歡愉笑容。

有時，父親站在塭堤撒網，捕一些魚去販賣。紅蟳得用自製迷你的四方型定置網誘捕，貪吃的紅蟳咬了餌，在網內飽食一頓後就賴著不走了，很容易捕獲。

遇到要放乾水曝曬塭泥，得先圍網收成，這時候親友們都來幫忙，網子裡魚蝦拍打蹦跳的聲響和水花，呼應著眾人的呼喊吆喝與滿身汗水，熱鬧極了。

有一口漁塭圈築夢想，是許多討海人的心願。當風大浪高、海象惡劣時，漁船無法出海，漁塭就成了全家生活的唯一依靠。每當思憶起家人徒手開挖出的漁塭，一口小小的海洋就不自覺地在心頭澎湃。

律動下的親情

家裡種的花生收成了，連殼曬乾裝袋收存，等阿爸有空或家裡煮食需要時，就取些來炒。

阿爸炒花生，我既是忠實觀眾，也是最佳幫手。「去畚些沙來！」聽阿爸這樣喊，我毫不遲疑就跑。家在海邊，沙子多的是，但我知道：阿爸要乾燥不髒的沙子。

提回來的沙子，倒入灶上大鼎先「熱身」。等

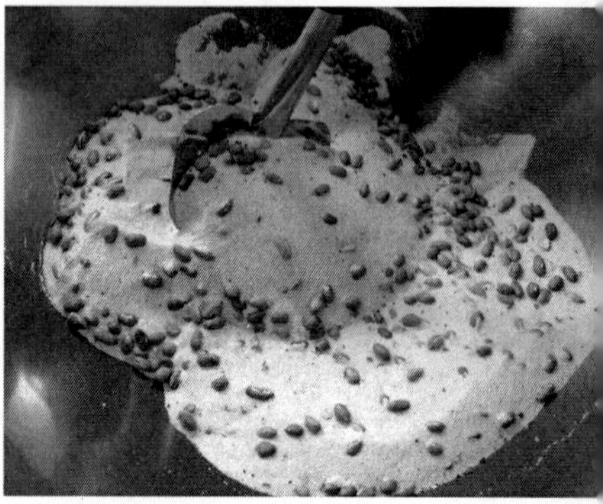

我把花生剝殼丟入開始發燙的沙子裡，阿爸握鏟翻動這一鍋沙和花生，讓它們緊密依偎。沙子把熱情傳給花生，被熱情熨貼，花生的矜持消融在高溫下，漸漸地，花生香味飄散出來。

空氣灼熱鼓譟，在眼前扭曲浮動，皮膚發燙，高溫煎出汗水，濕透衣服。捱到濃郁撲鼻的豆香誘出我貪饞口水時，花生也炒熟了。

阿爸持竹篩，要我把花生連沙子鏟放篩上，他再搖晃竹篩抖落那些沙子，留下花生另外盛放。我鏟一次阿爸晃幾下，很規律的動作，幾次後我抓到節奏，跟阿爸就配合得更有默契了。

篩完所有花生，換我搖竹篩滾動這些花生，讓阿爸調好鹽水潑灑在花生上。花生在我手腕下忽左忽右忙碌翻滾，等到它們均勻吃到鹽水，紅紅豆膜出現白色鹽斑，鹹鹹香香的花生就可以上桌了。

炒好的花生裝入空酒瓶裡，一次做約三兩瓶。鹹香爽脆的花生配飯吃，幾餐就吃完了。怎不多炒一些呢？阿爸說：「放久難吃。」

我離家後偶爾也買花生吃，總沒有自家炒的香；沒吃完的花生放久後帶潮，軟了，不爽口還容易壞。對阿爸講究衛生，讓家人吃得安心、不怕麻煩的用心，體會更深。

用海沙炒花生純粹是就地取材，沙子傳熱快又均勻，花生炒起來不容易焦臭，這是阿爸的生活智慧。小小不起眼的花生混入這樣的記憶，經過時間釀造後，在腦中飄香也在喉頭回甘。至於父子倆搖竹篩，搭配契合的律動下，那股看不見的親情，更是我一再咀嚼、品嚐的好滋味。

阿爸做糖

小時候，大家勤儉過日子，三餐溫飽之外沒有其他零嘴可食。幸好阿爸手巧，會做花生糖、蕃薯糖給我們解饞，雖然每年只有過節吃到一次，但齒頰留香的記憶，和「阮阿爸會曉做糖仔」的得意，已足夠把幸福指數拉高到滿分。

花生蕃薯都是自家田裡種的，做糖前先要炒熟花生。阿爸習慣在海邊老宅院庭埕展身手。起烘爐，小

火熬煮糖膏，一定是麥芽糖加砂糖，調好比例才能讓口感軟硬適度。看阿爸用筷子攪拌鍋裡糖膏，不時提起筷子觀察糖膏「牽絲」狀況，我等在旁邊，口水早被香味挑得又濃又稠，牽得長又長啦。

看糖膏稠到可以拔絲了，阿爸才把炒好去膜的花生倒進鍋裡拌和。這時我們趕快準備米篩，鋪上乾淨紙張，好讓阿爸將離火的整鍋糖倒進去。「酒矸仔！」阿爸這話像個暗號，我們的眼睛霎時亮得像那團糖塊，盯著阿爸手下，抹過油的空酒瓶如熨斗般緩慢均勻的，推揉、撫平那一大團滾燙灼熱的花生糖塊。

「好，等冷尬切。」阿爸說。總是這樣！越到出爐、起鍋、完成的時刻就越急不得。我像那鍋糖，

被熬得心都揪住了，守著米篩。沒到糖入了嘴，「等候」永遠熬煉著我！

終於要切糖了！看阿爸持菜刀，俐落齊整劃開糖塊，露出漂亮糖色和白胖花生，香啊，甜啊，但，還不能吃，得先拜過才行。每年上元節要用糖果祭拜，阿爸做「這呢厚工，卡有誠意」的花生糖，向神明傳達他的虔誠。而我，也用長長一整年的期盼，向神明禱告：請給我吃糖吧！

Q軟香甜的花生糖，在拜拜後全家人分享，很快就吃完了。拌著海砂炒出來的花生格外香脆，不黏牙有嚼勁的糖，甜滋滋安撫我等焦了的口舌，帶著滿足的齒頰入夢，然後我又開始另一串等待。

用蕃薯代替花生一樣能做糖。生蕃薯削皮直接刨成片，加入鍋裡熬好的糖膏稍微拌攪，很快起鍋、倒出來碾平，放涼後切開，蕃薯味撲鼻，入口綿糯軟香。

供桌上的花生糖和蕃薯糖，有大海的味道、土地的氣息，更有太陽的熱情。我以為：這樣豐盛「澎湃」的祭品，會得到神明賜予更多庇祐！

老宅院被海龍王請去後，上元節家裡不再拜拜，阿爸也不再做糖，他那手法道地、風味獨特的糖從此絕響。四十多年來，存留在舌尖味蕾的，除了花生糖蕃薯糖四溢香味，還有嘴裡渴盼吞嚥的口水，和記憶熬煮下，我對阿爸、海邊老宅院的想念所牽出來甜蜜綿長的糖絲。

阿母的話

有一句話盤桓在我腦海裡，眼光觸及任何文字，就會想起它。

「不識字就艱苦！」這是阿母說的。

從小到大，她叨唸過我許多事，聽後我會認真記一陣子，但現在都忘了，唯獨這句話烙印心頭，連同阿母說這話的場景、口氣，我都還能清楚回想，只是，每記起一次就感傷一次。

三十多口人大家族的媳婦難為，家計由阿嬤發落，廚房烹煮輪不到阿母，她日日在田裡園裡忙農事，出勞力做粗活。沒上過學認過字，又不熟悉鍋鏟碗勺裡的細活，阿母只得做牛做馬，辛苦一輩子。每次勞累後，阿母總感嘆：「不識字就艱苦！」

生養九個子女，女孩子想讀書沒機會，早早就分擔家務勞務，幫著賣魚種田也早早嫁人。五個兒子脾氣都不好，像五條牛，讓她操心不已。但她始終寄望兒子們讀書識字，為她爭口氣。勸勉我們認真讀書時，阿母會說：「不識字就艱苦！」要我們別跟她一樣受苦吃虧，口氣裡帶著提醒期盼。

我讀初中後性情轉拗，也許還有點自以為是或鑽牛角尖，被親友視為「牛」性篤強，雖不至於忤逆，但惹阿母憂煩氣惱的事難免，加上又一再留級重讀，她因此操心更多、常嘆氣。勸不動我、說不過我時，阿母總氣呼呼說上一句：「不識字就艱苦！」聽起來似乎賭氣要我「好膽就試試看」的意味。後來突然察覺，那話裡還有無奈怨嘆，若非不識字，說不出大道理大見識來讓我信服，阿母怎會拿我沒法度！教養孩子的挫折使她覺得艱苦，我使性子，卻讓阿母有被兒子看輕的心酸！想到這層後，我才開始收斂個性。

家裡種田也種甘蔗，成長中的甘蔗要經常巡視，剝除蔗葉讓蔗莖曬夠太陽，甜度才高。剝蔗葉是苦差事，偌大蔗園裡來回穿梭，把包覆甘蔗的葉片剝除，阿母常做到天黑。晚飯煮好了卻遲遲不見阿母身影，我去蔗園找人，月亮在頭上照，我大聲喊，暗黑一片的蔗園，阿母的聲音好久才傳來：「底加啦。（在這裡啦）」

循聲鑽入蔗叢，阿母還在剝蔗葉，就著微弱昏暗的一點月光，憑觸感摸索扯下葉片。

「暗嘛擱咧做，嘸知呷飯喔。」我埋怨阿母。

漆黑裡看不見她的表情，阿母慢吞吞走出蔗園，抬眼看一下天，說：「不識字就艱苦。」口氣平靜，聽不出情緒。

陪阿母走回家，靜靜的一路，我看月亮、看星星，視線不敢看阿母，因為我眼裡有淚，心中很震撼。披星戴月做得無暝無日，全是為了生活，阿母隨份認命，只靠這句話自我安慰。

「不識字就艱苦」，這是阿母為她的人生做的注解，無奈怨嗟的口氣，讓我特別憐惜她勞苦的一生。慚愧的是，就算識曉一些字，在職場社會闖蕩多年，我還是一頭執拗的牛，唯獨想到阿母的「安之若命」，才會低徊省思。

也因為這句話，我捧書閱讀、執筆書寫時，上頭的文字每個都化成阿母的影像，多了一份親切。

祖厝歲月

幼時過著大家庭生活，每天，三十口人的話語吆喝和腳步身影，在祖厝裡外此起彼落，熱鬧忙碌，聲音畫面透露出興榮繁旺的家道。

被家人稱為「祖厝」的屋宅，古樸雅致，有著堅實厝身、美麗的翹脊飛簷，是氣派又典雅的三合院。祖父起造這落紅瓦磚壁大厝，屋內門窗、樑柱、床櫃散發著檜木香，讓大通鋪上的枕頭仗歡樂有味。屋裡玩捉迷藏時，木頭香味總引得我朝桌櫃底下藏。

正面堂屋和兩側廂房圍著一塊水泥庭埕，埕外兩口露天大灶，煮熟的魩仔魚、蝦米、丁香魚等，從這裡熱騰騰移到庭埕繼續晒乾。屋後整排黃槿，樹下空地是家人另一個工作場：磨米漿、炊粿、綁粽子；劈柴、鋸竹子、做舢舨。附近一口井，一家子衣物、手腳都靠它洗淨。這落祖厝，生活機能超強。

美麗實用的大厝，海龍王也喜歡，每年趁颱風造訪好幾次。漫天大浪把祖厝兜攬入懷，再三擁吻後才悻悻然放開。海浪帶走鍋碗瓢盆和桌椅箱籠，但厝身文風不動，門窗樑柱堅守本分，連屋瓦都牢牢固守，只有屋內堆滿泥砂。我們拼命鏟挖海砂，汗如雨下的刷洗門窗地板，要把霉運晦氣和淤沙污泥一同運走。祖厝經過一次又一次清洗，潔淨古雅裡更添滄桑韻味，是我們的驕傲，也是我們與海搏鬥的堅強堡壘。

牢靠房厝，鼓舞我們面對災後的狼狽困頓，在祖父祖母帶領下勇敢營生。釀造醬油，發酵的黃豆香飄散整厝間，醃漬鳳梨豆醬的瓶罐擺滿屋，鼻子聞的眼睛看的，就是「生活」兩個字，實實在在塞滿空氣和心識中。祖厝裡的日子恆是積極奮鬥。

數十個寒暑，祖厝陪著全家人與大海為鄰，經年累月跟大海搏鬥。它看著我們投下漁網，投下希望；雖然運氣難卜，營生不易，祖厝始終傾聽我們絮聒生活點滴，分享大家族的喜怒哀樂。

房厝承載一頁一頁的生活萬象，既書寫家族歷史，也豐富我的童年記憶。長大後，生活的浪頭一波又一波，浪頭下，每每想起祖厝擎舉翹脊穿出濁浪，傲悍挺立的身影。那畫面觸動心弦，讓我勇敢撐過許多嚴苛考驗。

祖父過世不久，大海跟著掏空海岸沙灘，房舍塭池被裂岸驚濤襲捲，入了大海懷抱。典雅傳統的祖厝風華只能向記憶索閱；每次回到汕尾海邊，讀到的也只剩下亙古濤聲，提醒著那段務實打拼的祖厝歲月。

門埕風光

我的老家，有村子裡少數打上水泥的庭埕。平坦堅硬的地面，跑跳蹲坐都適宜。小孩騎車打球跳房子玩遊戲，大人曬洗棉被衣物、織補魚網修整農具，廊簷下庭埕上，天天有不同的人事物來報到，甚至雞鴨鵝也昂首闊步，在庭埕喔喔啼、扭屁股，左顧右盼，神氣得不輸人。

門埕景觀豐富多變。曬稻穀時，橙黃金亮的圖案線條佔滿視覺空間，來欣賞的不只人，還有鳥，吆喝下，鳥雀飛跳逸出眼眶，那地上的畫頓時動了，黃金沙灘變成黃金海浪，甚至又堆成黃金山丘。加入聲音和稻穀香的黃金印象，更挑逗總是期盼新鮮情事的小孩兒，也守在庭埕上追逐。

出席水泥庭埕活動的，除了稻穀，還有各種農產品：蕃薯籤有黑有白，帶皮的餵豬、去皮的給人吃，曬在庭埕香甜誘人，可是煮到飯裡卻不怎麼可口。曬綠豆時，我得拿工具打下豆莢，再掃盛起滿地滾的小綠珠子。

漁產品當然不會缺席。各種蝦米、魩仔魚、丁香魚、烏魚、扁魚在這裡醃煮晒乾，有的睡在地上蓆子做日光浴，有的晾掛竹竿架上吹海風。這些魚貨曬

成乾後帶著海水鹹濕與陽光赤香，成了市場販售的美食，也進入我舌尖喉間，讓味蕾記錄它們的名字。

水泥庭埕有口福，嚐遍種種山珍海味；它也有眼福，跟著我們看戲、看拜拜的熱鬧。

家裡供奉一尊觀音菩薩，左鄰右舍每到「犒軍」時，各家擔著祭品都來這庭埕擺放，一同祭拜。青果鮮花還淌著水珠，雞鴨鵝豬一樣都不缺，現撈的魚蝦蚵蟹當然少不了。大人虔敬的合掌舉香，喃喃叨唸長串祝語，熟悉面容愈發純樸敦厚。當繚繞的香煙隨風飄蕩，呼喚土地上的神明都來享用，這種時候我格外覺得祖厝透著靈氣。

特別的節日，我們演戲酬神，布袋戲、皮影戲、歌仔戲輪番上演，廣大水泥庭埕搭起高高戲棚，坐滿大人小孩，觀看戲棚上逗趣引人的表演。戲台上，尪仔賣力取悅眾神諸仙，鬧熱滾滾、金光閃閃、瑞氣千條的聲光對白，本是要與神靈溝通示好，但台下滿座的大人小孩卻先笑開來。

門埕風光，展現的是柴米油鹽裡的美學。各種感官刺激，把庭埕畫面深深印在我的腦海裡，豐富多元的生活意象，有溫暖深厚的人文內涵，平凡素樸卻俗得有力！

廢墟

荒草沒徑，在倒塌一地的土石塊中恣意蔓長。眼前的廢墟靜靜攤躺，任陽光探訪、挲摩，始終閉著眼，兀自沉睡。

被拆掉的是連棟三間樓房，構造簡單卻牢固。一條長廊貫穿前後，夏天，風呼溜呼溜跑進跑出，冬天，長廊兩端的門關上，寒冷被擋在門外，冬夜裡儘管安穩大睡。

拆掉的還有屋旁一間冰行，凍存各色漁貨肉鮮、蔬果飲料，儘管時間催老、天候斲鮮，但急凍珍藏低溫呵護，讓它們肌膚依舊彈綳，香味仍然馥郁，用最美好的姿態引誘買家的視線。

後院的大灶燒熱水、蒸炊糕粿粽，寬闊的水泥地也是小娃兒們騎三輪車、玩耍學步的樂園。後院外頭原本是田地，廢耕改成漁塭，阿爸最愛在塭岸乘涼，絮叨著他海浪翻滾般的回憶。

這裡，曾經是燈火通明，人聲喧嘩的熱鬧住家；曾經是菜蔬滿畦，瓜果纍握的肥沃田園；曾經，也是魚兒潛游，鷗鳥翩飛的漁塭水塘。含飴弄孫的年紀，阿爸只想好好欣賞這溫暖家園。

為了石化工業區的綠化美化，劃入綠帶範圍內的房舍土地全數被徵收，幾張黑字白紙，便將阿爸的心血奪去。苦心經營三四十年的家業，多少汗水心血溫柔對待的宅院田池，在怪手粗暴的揮拳下，轟轟幾聲便頹然傾倒。

「數十年如一日」！一日，便將幾十載光陰化為

烏有！

站在這「烏有」前，阿爸茫然凝視。他在聆聽房子、土地給他的聲聲哀嘆：這回，怎麼不是被海龍王請去呢？龍王尚且知道珍惜，將整座院落擁入懷中，而怪手，卻將房子擊打得碎無完膚！

兒孫各自遷離，頤養終老的房舍被拆，阿爸不曾想過桑榆暮景會有這難堪！陪阿爸多次回來看這廢墟，幾十年的龐雜回憶只留存一把生鏽的鋤頭。問阿爸要帶些什麼回去？阿爸悵然搖首。

也許，我該帶阿爸回到海邊，陪他吹海風，看海水漲退。仔細找找，浪頭上可有那「排仔車」起伏？也許還會有點點亮光跳躍，是烏魚嗎？也許，啊，也許……

潮聲漸遠

想我汕尾！

高屏溪出海口，林園石化工業區所在地，汕尾，一個小漁村，被犧牲被遺忘了。

原本的千頃良田變成工廠林立，過去濤聲潮浪盈耳，如今只聽見機器運轉轟轟聲；潮浪，只能在夢裡尋找在口間傳述。保護生態可以同時建設地方，發展經濟也能促進地方繁榮，但為什麼環保與經濟不能得兼？汕尾小老百姓的困惑無處尋求解答。

發生在一九八八年，曾經躍登各報紙頭版新聞的林園抗議事件，至今已超過二十年。儘管二十多年來對石化工業區始終疑慮，不知什麼時候能擺脫工安意外和環保問題的困擾，事件現場的汕尾村卻越發沒落，當年發起圍廠抗爭，展現民意力量的汕尾人，昔時的能量在幾次抗爭後耗損至鉅，再無法作出聲響。

話說從頭。

一九七六年十大建設中的林園石化工業區，選定汕尾落腳，北汕庄的良田房舍徵收拆除後，重新填土方，高塔煙囪、圓形儲存槽，堆積木般出現。汕尾港所在的東汕庄鄰著廢水處理廠，粗大的鐵管一根接一

環保至上
石化事業部
CPC CORPORATION, TAIWAN
PETROCHEMICAL BUSINESS DIVISION

根運來，架起埋放固定，管口向著海。

高牆築起，圍住了廠房煙囪；車聲轟轟隆隆，機器日夜運轉。

高牆內的忙碌興工透著詭譎，汕尾人茫然不安揣測未來禍福：出海捕撈、耕田栽作都要看海看天的臉色，辛苦，但總還能憑勞力、有尊嚴的踏實過日子。石油、化學，這麼危險這麼毒的東西，如何能依靠信賴？討海種植的生活還能在石化陰影下繼續嗎？

工業區內一家電機廠、十八家石化工廠以及一個聯合廢水處理廠，向天的煙囪吐出煙塵廢氣，遮去藍幕；向海的廢水排放管洩出污水毒液，直接灌入海洋。從此，空氣中飄散刺激、嗆鼻的氣味；河川水被污染，連地下水也難養魚蝦，塭裡常見翻肚的魚屍；海域生態嚴重破壞，近海漁獲劇減，原有豐富的魚苗蝦苗也消失；土地收成減產，蔬果不甜，稻子難結飽穗，田園土地一塊一塊荒置。

高塔不時轟轟噴發巨響，濃煙烈焰竄入高空，不完全燃燒和爆炸的威脅，始終是汕尾居民的心頭夢魘，和石化工業區作伴，汕尾人如同抱著炸彈，不知它何時會引爆！

但是，石化工業區是美的。

夜晚的工業區，水銀燈亮燦燦，從雙園大橋看，宛如是皇宮城堡，耀眼照人。也許是白雪公主沉睡的那個城堡，也許是灰姑娘跳舞的那座宮廷，也許

是……。

黑夜裡的燈，點亮了綺麗幻想，美化了醜陋現實。這一大片城堡皇宮，屬於巫界魔幻，只在咒語催動時才會浮現，而「黑暗」，就是魔界大軍所要牢記的通關密語。

看著夢幻仙境般的皇宮，幸福，是唯一的念頭。安靜廣大又神秘的區域，一盞又一盞水銀燈照出的，是陶然嚮往的眼神。白天的爭吵抗議已被黑暗的布幕遮去，甚至連嗆鼻的味道也變得香甜，教人頭昏眼花，皇宮，愈發迷離魅惑了。

黑暗襯托出這座宮殿的巍峨，幾十層樓高的燈光層層疊疊，是那麼壯觀神秘，讓每個人都不由得編出

屬於自己的童話，遐想皇宮中穿梭的歌聲舞影，盛會上的觥籌交錯、耳鬢廝磨。

於是，這奇異神秘的宮殿便又惹出一番心馳神蕩，在夜幕的起鬨下，在漆黑的鼓譟下，它大膽的招手：來吧，親近我吧，我的門隨時敞開；我是善良的，我沒有惡意，也不具危險。瞧，我多美好。

是美呀，像黑光劇團表演般的美，絢麗詭異，但，美的代價何其高昂！工業區排放廢水都利用夜晚，美麗燈光的背後是數不盡的憤怒與哀愁！

原本安定歡愉、滿載笑聲的日子，在一塭又一塭的魚肚翻白下變調。塭裡水色墨黑，虱目魚一隻隻白肚朝天；怵目驚心的黑與白，質疑著石化廠運轉的是與非。汕尾的海邊人有生以來初次見識到「抗爭」。不斷的交涉，越喊越大聲的怒吼，汕尾人的聲音匯聚成潮浪，一波又一波湧向廠區大門。

一九八八年九月下旬，更嚴重的廢水廠溢排污水造成海面大批魚屍，汕尾人抗議無效，採行激烈的圍廠關機行動。官員和民代多次協調不成，林園石化區所有工廠被迫全部停車。直到一九八八年十月十五日，業者官員立委和居民代表達成賠償協議，才結束九十七時的停工。

小老百姓的憤怒其來有自：汕尾的天空，自從工業區駐足便不再蔚藍；慘白灰濛罩頂，空氣惡臭，人是一身灰頭土臉，魚蝦更是缺氧中毒。汕尾海域的成片死魚，無言控訴著廢水毒液的侵擾。大海為禍不過三五天，工業區卻長期肆虐；土地已被犧牲，空氣又被污染；天災可以被原諒，人禍該要如何寬容？

林園抗議事件的巨額賠償成為台灣首例。首例也是惡例，財團從此以賠償為安撫手段，敷衍抗爭的聲浪；

政治人士以賠償為目標，在民意與財團中間協調。一九八八到二〇一〇，二十多年過去，情況不見改善。汕尾人搖頭惆悵：憤怒，無補事實；抗爭，無助改善。小老百姓只能無奈悲嘆：屋宅田地多被徵收，心中那座湛藍汪洋要如何移交給下一代？血液中澎湃的浪濤海潮，莫非只能口唱傳述？

十年，可以育成一棵大樹；二十年，可以栽培一個棟樑之才；更長的三十年，可以讓一家企業改頭換面，建設出嶄新氣象。而多少年能換回一汪大海？換回沃土淨水和清鮮空氣？汕尾村的沒落要多久能重新建設？或者竟是就讓它殘破以終？

攸關健康安全的抗爭，被視為金錢利益的索討；生態環保的課題，敵不過經濟發展的考量，質疑石化工業污染的聲浪如同淤塞的汕尾港，失去作用，不被重視終至停擺。

推移進退間，潮聲，被石化工業區的轟轟巨響取代，越來越弱，越來越遠了。

釀文學142　PG0978

想我汕尾

作　　者	林加春
責任編輯	林千惠
圖文排版	張慧雯
封面設計	陳佩蓉
出版策劃	釀出版
製作發行	秀威資訊科技股份有限公司 114 台北市內湖區瑞光路76巷65號1樓 電話：+886-2-2796-3638　傳真：+886-2-2796-1377 服務信箱：service@showwe.com.tw http://www.showwe.com.tw
郵政劃撥	19563868　戶名：秀威資訊科技股份有限公司
展售門市	國家書店【松江門市】 104 台北市中山區松江路209號1樓 電話：+886-2-2518-0207　傳真：+886-2-2518-0778
網路訂購	秀威網路書店：http://www.bodbooks.com.tw 國家網路書店：http://www.govbooks.com.tw
法律顧問	毛國樑　律師
總 經 銷	聯合發行股份有限公司 231新北市新店區寶橋路235巷6弄6號4F 電話：+886-2-2917-8022　傳真：+886-2-2915-6275
出版日期	2013年6月　BOD一版
定　　價	240元

Printed in Taiwan

國家圖書館出版品預行編目

想我汕尾 / 林加春著. -- 一版. -- 臺北市 : 釀出版,
2013.06
面； 公分
BOD版
ISBN 978-986-5871-45-1 (平裝)

855 102007087

讀者回函卡

感謝您購買本書，為提升服務品質，請填妥以下資料，將讀者回函卡直接寄回或傳真本公司，收到您的寶貴意見後，我們會收藏記錄及檢討，謝謝！如您需要了解本公司最新出版書目、購書優惠或企劃活動，歡迎您上網查詢或下載相關資料：http:// www.showwe.com.tw

您購買的書名：________________________________

出生日期：________年________月________日

學歷：□高中（含）以下　□大專　□研究所（含）以上

職業：□製造業　□金融業　□資訊業　□軍警　□傳播業　□自由業

　　　□服務業　□公務員　□教職　□學生　□家管　□其它_____

購書地點：□網路書店　□實體書店　□書展　□郵購　□贈閱　□其他

您從何得知本書的消息？

□網路書店　□實體書店　□網路搜尋　□電子報　□書訊　□雜誌

□傳播媒體　□親友推薦　□網站推薦　□部落格　□其他__________

您對本書的評價：（請填代號　1.非常滿意　2.滿意　3.尚可　4.再改進）

封面設計____　版面編排____　內容____　文／譯筆____　價格____

讀完書後您覺得：

□很有收穫　□有收穫　□收穫不多　□沒收穫

對我們的建議：________________________________

____

____

____

請貼
郵票

11466
台北市內湖區瑞光路 76 巷 65 號 1 樓
秀威資訊科技股份有限公司 收
BOD 數位出版事業部

（請沿線對折寄回，謝謝！）

姓　名：________________ 年齡：________ 性別：□女　□男

郵遞區號：□□□□□

地　址：____

聯絡電話：(日) ________________ (夜) ________________

E-mail：____